獻給奶奶

© 胡利安是隻美人魚　2019年11月初版一刷　2022年11月初版二刷
文圖／潔西卡・洛夫　譯者／陳思宏　發行人／劉振強　出版者／三民書局股份有限公司　書籍編號：S859001　ISBN：978-957-14-6692-7
地址／臺北市復興北路386號（復北門市）　臺北市重慶南路一段61號（重南門市）　電話／02-25006600　三民網路書店／http://www.sanmin.com.tw

小山丘官網

胡利安是隻美人魚

潔西卡·洛夫／文圖

陳思宏／譯

小山丘

這位男孩名叫胡利安。這是他的奶奶。
外面那些，是美人魚。

胡利安最愛美人魚了。

「我們走吧，親愛的。我們到站了。」

「奶奶，妳有看到那些美人魚嗎？」
「我看到了，親愛的。」

「奶奶，我也是一隻美人魚。」

「我要去洗個澡，你乖乖的喔。」

胡利安有個好主意。

「喔！」

「過來，親愛的。」

「給我的嗎？奶奶？」
「給你的，胡利安。」

「我們要去哪裡？」

「等一下你就知道了。」奶奶說。

「美人魚……」胡利安低聲說。

「就跟你一樣，親愛的。我們加入他們吧。」

他們加入了美人魚遊行隊伍。